AF381325

Analyse de l'œuvre

Par Jérémy Lambert et Kelly Carrein

Check-point

de Jean-Christophe Rufin

lePetitLittéraire.fr

Rendez-vous sur lepetitlitteraire.fr et découvrez :

Plus de 1200 analyses
Claires et synthétiques
Téléchargeables en 30 secondes
À imprimer chez soi

JEAN-CHRISTOPHE RUFIN

MÉDECIN, HUMANITAIRE, DIPLOMATE, ÉCRIVAIN

- **Né en 1952 à Bourges (France)**
- **Quelques-unes de ses œuvres :**
  - *Le Piège humanitaire* (1986), essai
  - *Rouge Brésil* (2001), roman
  - *Le Grand Cœur* (2012), roman

Jean-Christophe Rufin travaille en tant que médecin jusqu'au début des années 2010, tant en France qu'à l'étranger. Également diplômé de l'Institut d'études politiques de Paris, il mène en parallèle une carrière politique et diplomatique depuis le milieu des années 1980.

Pionnier de l'action humanitaire – sa première mission a lieu en 1976 –, il occupe de hautes fonctions dans des organisations non gouvernementales telles que Médecins Sans Frontières ou Action contre la Faim.

Parallèlement à ces différentes activités, il ne cesse d'écrire, aussi bien des essais sur les mouvements humanitaires que des romans. Il est récompensé par le prix Goncourt en 2001 pour son ouvrage *Rouge Brésil*, avant d'être élu à l'Académie française sept ans plus tard.

CHECK-POINT

UN HUIS CLOS D'AVENTURE

- **Genre :** thriller psychologique
- **Édition de référence :** *Check-point*, Paris, Gallimard, NRF, 2015, 387 p.
- **1re édition :** 2015
- **Thématiques :** humanitaire, Bosnie, amour, aventure, psychologie, course-poursuite

Le treizième roman de Jean-Christophe Rufin, *Check-point*, met en scène cinq humanitaires – Maud, Alex, Lionel, Marc et Vauthier – partis de France avec deux camions remplis de vivres, de médicaments et de vêtements à destination d'un petit village de Bosnie centrale. Depuis le départ, l'atmosphère est tendue dans le groupe et la méfiance est omniprésente. Dans cette ambiance, Maud tombe amoureuse de Marc et le suit dans sa fuite lorsque les explosifs qu'il a cachés dans le chargement sont découverts.

Sur un fond de fiction, ce livre témoigne de la complexité de l'ingérence dans les conflits extérieurs et de la difficulté à maintenir une certaine forme de neutralité dans les actions humanitaires.

RÉSUMÉ

Ce thriller psychologique relate le basculement progressif de Maud : d'abord humanitaire motivée et naïve, elle découvre la dure réalité de la guerre et la nécessité de mener un combat. S'impliquant dans une mission apparemment anodine, elle découvre au fil du voyage la violence, la haine, le danger, mais aussi l'amour.

LA SITUATION DE DÉPART

En octobre 1995, Maud est une jeune fille travaillant pour l'association caritative La Tête d'Or installée à Lyon. Elle participe à une mission humanitaire dans un petit village de Bosnie centrale appelé Kakanj et frappé par la guerre (guerre de Bosnie-Herzégovine, 1992-1995) pour y apporter des vivres, des médicaments, et des habits.

Durant le voyage, elle est accompagnée de quatre hommes : Lionel, le chef de la mission ; Marc et Alex, deux anciens Casques bleus ; et Vauthier, un homme bourru et excellent mécanicien.

Jusqu'au centre de la Croatie, Lionel et Maud se relaient au volant du camion de tête tandis que les deux militaires sont en charge du second véhicule. À la répétition des jours et à la morosité des paysages vient s'ajouter une ambiance détestable : les humanitaires de métier se défient de Marc et d'Alex, tandis que Vauthier, par son attitude réservée et agressive, suscite la méfiance de tous.

UNE INTRIGUE QUI SE COMPLEXIFIE

C'est le passage au premier check-point (« point de contrôle ») qui met à jour les animosités réciproques. Suite au contrôle poussé des miliciens, où les deux militaires se font remarquer par leur attitude nonchalante, Lionel décide de réorganiser le convoi : Marc est séparé d'Alex et doit continuer le voyage dans le camion de tête avec le chef et Vauthier qui l'insupporte, tandis que Maud monte dans le second véhicule avec Alex.

Ce changement est l'occasion pour Maud d'en apprendre davantage sur les deux anciens Casques bleus et sur la population à laquelle le convoi est destiné. Elle découvre également l'histoire d'Alex, tombé amoureux d'une réfugiée cachée dans une mine de charbon à l'arrêt lorsqu'il était Casque bleu en Bosnie.

Au moment où l'un des camions tombe en panne, Maud et Lionel se chargent de trouver une pièce de rechange dans un village isolé, laissant les autres auprès du véhicule. Entretemps, Vauthier entend Alex et Marc se disputer, le premier demandant au second de mettre le reste de l'équipe au courant du contenu réel du chargement. Sans plus attendre, il les dénonce au responsable qui décide de faire l'inventaire des camions.

Acculés, les anciens militaires se résignent à mettre Maud au courant de leur secret alors que Lionel et Vauthier commencent à fouiller le premier camion : ils ont en effet caché des charges explosives dans le second véhicule. Peu dangereuses, elles doivent permettre l'extraction du charbon destiné à remettre en marche les pompes qui drainent la mine de l'eau qui s'y infiltre afin qu'au sortir de la guerre, celle-ci puisse fonctionner correctement et faire vivre la population qui y travaille. On apprendra plus tard que Marc, à l'insu d'Alex, a remplacé les pétards de chantier (capables uniquement de provoquer des fissures dans la mine pour extraire du charbon) par de la dynamite destinée à faire sauter un pont stratégique au bénéfice des Croates.

D'abord sérieusement énervée d'avoir été dupée, Maud se ravise au terme d'une longue explication et prend une grave décision devant l'ensemble du groupe : elle veut prendre le risque de transporter les pétards puisque le but est d'assurer un avenir meilleur à la population de Kakanj. Si Lionel finit lui aussi par être convaincu, Vauthier reste contraire à ce changement de mission. L'animosité entre le mécanicien et le reste du groupe croît davantage, alors que les militaires semblent mieux s'intégrer à la mission suite à leur confession.

Ce changement d'ambiance se conjugue toutefois à une recrudescence des risques : ils sont pris pour cible par des militaires croates qui abiment les camions, et créent notamment une fuite d'essence qui aurait pu faire exploser la dynamite. Marc négocie avec eux (car il sait parler leur langue), prenant ainsi un certain ascendant qui attise la haine que Vauthier lui porte.

De nouveau en route après l'incident, il en faut peu pour faire éclater une violente bagarre entre ces deux derniers. Celle-ci se solde par une nouvelle répartition des places dans les camions : Marc se retrouve avec Maud dans le second camion, tandis qu'Alex rejoint Lionel et Vauthier dans le véhicule de tête. C'est l'occasion pour l'ancien militaire d'exprimer ses convictions interventionnistes à la jeune femme, de plus en plus convaincue.

LA CHASSE À L'HOMME

Lorsque le groupe rejoint un camp de l'ONU, l'atmosphère se détend. Le lecteur apprendra à la toute fin du récit que, dans le plus grand secret, Vauthier a retiré les explosifs du camion à ce moment-là. Après cette halte durant laquelle Marc et Maud se rapprochent, les épisodes difficiles se succèdent : un check-point très sensible situé sur un pont stratégique entre deux enclaves que le groupe doit traverser à pas comptés sous la surveillance des soldats rivaux qui tiennent chacun l'une des extrémités, puis la découverte d'un charnier de musulmans.

Maud se rend compte que Marc, qui la trouble, a lui aussi tué par le passé et en est horrifiée ; Lionel et Alex, quant à eux, refusent de sombrer dans la violence et font preuve pour la première fois de sollicitude vis-à-vis de Vauthier. Suite à la suggestion de ce dernier, les cinq humanitaires décident de s'arrêter pour la nuit dans un centre de vacances désaffecté. Maud prend conscience qu'elle est tombée éperdument amoureuse de Marc et lui offre sa virginité. Il la met alors au courant du contenu réel du chargement. Ensemble, ils décident de s'enfuir avec le camion qu'ils pensent encore chargé de dynamite, et sabotent l'autre véhicule pour empêcher le reste du groupe de les poursuivre.

Lorsqu'il apprend leur fuite, Vauthier explique aux autres qu'il est en réalité un espion en service commandé et fait savoir à Alex et à Lionel que Marc a trahi le premier en substituant des explosifs aux pétards de chantier et a damé le pion à Lionel, amoureux de Maud, en ayant une relation avec elle. Il ajoute enfin que, Marc étant surveillé depuis un certain temps par les services de sécurité français en raison de ses opinions interventionnistes, il a demandé à un baron de guerre de le mettre hors d'état de nuire.

Lorsqu'il aperçoit un barrage, Marc comprend qu'il s'agit d'un piège manigancé par Vauthier. Le couple de fugitifs parvient cependant à échapper aux paramilitaires qui les attendent et quitte la route pour des chemins très étroits sur lesquels ils continuent à être poursuivis. La prochaine étape de ce qui s'apparente à une chasse à l'homme – malgré la réticence de Lionel et d'Alex – est le passage compliqué d'un torrent : alors que Marc tente de faire passer le camion sur un sentier trop exigu, au prix d'une partie du chargement, Maud est blessée par une embardée ; quant à Alex, forcé par Vauthier d'utiliser les seuls pétards restés dans leur véhicule, il est victime d'un éboulement qui lui coute presque la vie.

Maud et Marc trouvent enfin refuge dans une maison isolée habitée par trois enfants. Si le premier contact est difficile, notamment à cause de la barrière linguistique, ceux-ci se laissent finalement amadouer et l'ainé va porter un message de la part de l'ancien soldat au chef croate à qui il doit livrer la dynamite. Après avoir suivi une fausse piste, le deuxième groupe se rapproche progressivement de la masure où est retranché le couple. Près du but, Vauthier abandonne ses compagnons et trouve la maison. S'ensuit alors une traque au terme de laquelle Marc est touché à l'épaule par une balle tirée par l'espion, alors que lui-même est sérieusement blessé par Maud. Les forces armées croates prennent finalement en charge le petit groupe. Vauthier meurt alors que le convoi reformé se dirige vers un hôpital.

Ironie de l'histoire : suite à l'engagement des forces de pacification dans la guerre, la dynamite – qui n'est jamais arrivée chez ses destinataires – n'est plus nécessaire aux desseins des Croates, car le pont qui devait être explosé s'est effondré suite à un bombardement de l'OTAN. On apprend également que la jeune réfugiée de la mine de charbon, lasse d'attendre Alex, s'est mariée à un photographe allemand. Si toute cette aventure n'a été qu'un énorme raté, une paix durable se laisse tout de même entrevoir. Le général croate « sortit une flasque de sa poche et ils trinquèrent à ce bonheur revenu par le détour de la défaite » (p. 379).

ÉTUDE DES PERSONNAGES

MAUD

Le personnage de Maud est primordial dans l'économie du récit : c'est souvent par son prisme que sont observés les comportements des autres membres du groupe, ce qui crée un effet de contraste puisqu'elle est la seule femme dans un convoi dominé par le machisme.

Ainsi, la psychologie de l'unique femme du groupe est entièrement sous-tendue par une volonté de ne jamais mettre en avant sa féminité ni de susciter le désir : « Il y avait déjà plusieurs années qu'elle avait pris la résolution de couper ses cheveux blonds très courts et de ne porter que des vêtements sans forme, épais et qui ne la mettaient pas en valeur. » (p. 32) Pourtant, « elle appréciait profondément le monde des femmes » (p. 73) mais « n'avait cessé, par ses choix de vie, de le fuir » (*ibid.*).

Sensible, la jeune femme de 21 ans a « tendance à personnaliser les objets, les décors, et à nouer avec eux des relations d'antipathie ou d'amour » (p. 45), ce qui la conduit notamment à regretter son camion lorsqu'elle est envoyée dans l'autre convoi par Lionel. Il s'agit sans doute d'un signe de la solitude qu'elle ressent depuis longtemps : « Pourquoi s'était-elle toujours sentie si seule dans la vie ? Depuis l'enfance, depuis toujours. » (p. 155)

Elle fuit les relations amoureuses, car elle déteste être considérée comme une « proie » (p. 152) par les hommes. Adolescente, elle avait même « insisté pour porter des verres et elle avait choisi des montures de plus en plus grossières, pour s'enlaidir » (p. 242). Élevée avec un frère ainé qui la couvrait de sarcasmes, elle « avait fini par les rechercher comme un stimulant. La rage qu'[ils] provoquaient en elle étaient devenue son moteur. » (p. 26)

Souvent mise en situation de rapport de force avec les hommes, elle apprivoisera toutefois progressivement l'amour dans les bras de Marc, personnification de la virilité. Avec lui, les barrières de celle qui « était vierge par orgueil, par défi » (p. 192) tombent au point de mettre en péril la mission humanitaire. La présence de Marc rassure la jeune fille (« Cette étreinte était comme un refuge », p. 224) aux moments où elle se sent le plus effrayée et le plus vulnérable.

Cette histoire d'amour née dans un contexte de violence permet à l'auteur d'atténuer la pesanteur du propos. C'est assurément cette dimension qu'ont, par exemple, les scènes où l'amour maternel prend un sens thérapeutique, notamment avec les jeunes enfants dans la mesure où les deux fugitifs se cachent.

En outre, suite à l'épisode où Maud apprend qu'elle transporte des explosifs pour améliorer la vie des Serbes, elle a « l'impression d'avoir trouvé sa place dans cette guerre et d'y faire quelque chose de risqué mais qui [a] un sens » (p. 107) alors qu'à son départ, elle ignorait presque tout du pays où elle se rendait. Sa révolte initiale, « abstraite » (p. 294), s'est transformée, suite à sa relation avec Marc, en une volonté de combattre les ennemis (« Elle découvrait un sentiment nouveau : la haine », *ibid.*).

MARC

Marc possède un physique sportif, « dans le genre massif, avec des épaules larges, une poitrine musclée, des mâchoires carrées. Il avait le teint un peu mat et des cheveux très noirs. » (p. 24) Il semble toujours suspicieux et, malgré ses gestes mesurés, met d'abord Maud mal à l'aise, notamment à cause « des tatouages qu'il avait sur les bras et qui représentaient des serpents et des armes » (p. 33).

Placé dans le groupe des « militaires » aux côtés d'Alex, il se pose clairement en position de dominant dans ses rapports avec lui, mais « [Alex] connaissait assez Marc pour savoir qu'il faisait toujours ce qui pouvait être le mieux pour eux deux » (p. 77-78). Figure même du mâle, il est d'abord mis en scène dans des situations typiquement masculines : rasage matinal, épisodes nécessitant le recours à la force brute ou à la protection, grande autorité, bagarres, etc.

Si l'accent est dans un premier temps mis sur ses atouts physiques, son épaisseur psychologique croit et se révèle à mesure que l'histoire avance et qu'il se rapproche de Maud. Son caractère fait preuve d'une dichotomie que Maud perçoit entre l'expression dure, fermée, imperturbable qu'il arbore lorsqu'il se concentre sur un objectif, et le visage doux et tendre qu'il lui offre dans les moments de repos et d'intimité.

Ces instants sont d'ailleurs l'occasion pour le lecteur d'en apprendre davantage sur Marc et les évènements marquants de sa vie : la mort de ses parents lorsqu'il était enfant, son orphelinat militaire, les moqueries et violences de ses camarades de classe, son processus de résilience, son engagement parmi les Casques bleus.

S'il est devenu militaire, c'est parce qu'il voulait « lutter contre le mal » (p. 263) ; s'il a ensuite quitté l'armée, c'est parce qu'il ne supportait pas d'assister à des massacres « sans rien faire » (p. 188), ce qui explique ses intenses convictions interventionnistes.

Ce personnage incarne le besoin d'engagement dans la résolution du conflit : il est bien décidé à apporter son aide aux militaires croates pour faire changer l'issue de la guerre par la force. Pour y parvenir, il est prêt à tout : trahir son ami Alex, quitter le convoi humanitaire en mettant ainsi en péril toute l'organisation, et emmener Maud qui finira blessée.

ALEX

Alex a « un visage de métis, de grands yeux un peu bridés, un nez fin » (p. 24). Né près de Grenoble (France) d'un père guadeloupéen, il grandit dans une famille pauvre. Sa couleur de peau lui vaut de nombreuses moqueries lors de son enfance.

Dyslexique et désintéressé par les études, il s'engage dans l'armée et travaille bientôt en Bosnie avec les Casques bleus français en tant « qu'appelé du contingent » (p. 47), statut qui diffère profondément de celui de Marc, avec qui il ne souhaite pas être confondu.

Ce personnage doux, franc et compréhensif gagne rapidement la sympathie du lecteur. L'accident qui le laisse pour mort est un point important du suspense créé par l'auteur. Son histoire d'amour difficile avec une réfugiée bosniaque redonne à Maud l'idée que l'amour existe : « C'était à cet amour-là qu'elle avait cru longtemps. Elle avait fini par penser qu'il n'existait pas. » (p. 105) D'abord discret, Alex se révèle véritablement lorsqu'il relate son histoire d'amour, d'abord à Maud puis à Lionel.

Sa connaissance de la région traversée est cruciale, non dans l'économie du récit, mais pour le récit, en tant que stratégie narrative, dans le sens où le lecteur apprend à travers lui quelques détails sur le conflit en Bosnie. Son objectif en participant à la mission est de remettre en état de marche la pompe de la mine où s'est réfugiée son amante, en lui apportant du combustible : du charbon que ses pétards de chantier doivent permettre de prélever.

Ce personnage représente l'idée de la pérennisation des efforts humanitaires. À la différence de Lionel qui se limite à l'action ponctuelle, ou de Marc qui croit en la nécessité de l'engagement militaire, Alex fait office de troisième voie. Son ambition est de préparer l'après-conflit. Cette position d'entredeux est caractéristique du protagoniste dans le récit :

- c'est sa cargaison secrète qui lance la problématique de la conception de l'humanitarisme – doit-il être neutre ou engagé ?
- quand l'auteur fait avouer son secret à Maud,

c'est pour mieux révéler la trahison de Marc par la suite, ce qui crée deux étapes dans le suspense ;

- il apparait clairement comme le faire-valoir de Marc. S'ils sont assimilés l'un à l'autre, ils sont ensuite dissociés, valorisant certaines caractéristiques de son ami sur qui l'accent est mis durant toute la course-poursuite. C'est au travers de ses yeux que Marc est d'abord perçu ; c'est également grâce à lui qu'on apprend les manigances de Vauthier à l'encontre de ce dernier.

LIONEL

« Grand et maigre, Lionel avait un nez long, un peu de travers, dans un visage osseux et pâle » (p. 19) assez commun, portant une boucle au sourcil droit. Ce personnage irascible, ancien banquier, est le chef de l'équipe, un rôle qui lui plait beaucoup par la « position de force » (p. 317) qu'il lui offre.

Grand fumeur de hachich, il est solitaire, peu enclin à la discussion et donne ses ordres sur un ton hautain, sans y ajouter d'explications. Maud estime qu'il se comporte « bêtement comme un apparatchik » (p. 84), c'est-à-dire comme un employé qui se contente d'exécuter les ordres de ses supérieurs, jusqu'après la révélation de la nature du chargement. Cet épisode souligne un autre trait de son caractère : « Lionel n'avait jamais été très à l'aise dans le rôle du chef. Il l'avait rempli avec une brutalité qui était la conséquence de cette incertitude. L'affaire des explosifs, même s'il était loin de l'avoir désirée, lui fournissait un prétexte inespéré pour partager le poids de ses responsabilités. » (p. 109)

Alors qu'il se présente très ombrageux au début du roman, appréciant son rôle de chef plus que tout, il se montre plus enclin à partager ses connaissances suite à cet épisode et va jusqu'à demander l'avis de ses compagnons de route dans une « conversion soudaine à la démocratie » (p. 108).

Il fait la connaissance de Maud trois mois avant de partir en mission. Amoureux d'elle, il vit très mal la relation qu'elle entretient avec Marc, au point d'approuver la traque que Vauthier désire mener pour appréhender ce dernier (en se dédouanant cependant de toute responsabilité).

Dans le récit, le personnage de Lionel remplit une double fonction :

- il représente la frange humanitaire des origines, non intrusive dans le conflit, à mettre en parallèle avec Marc et Alex ;
- son caractère renforce l'atmosphère fébrile et désordonnée de l'aventure. Chef prompt à s'emporter et jaloux, il perd le contrôle du convoi au profit de Vauthier qui, guidé par la haine, renforce le caractère aventureux, non canalisé et hasardeux de l'histoire. Les descriptions psychologiques que l'auteur fait de Lionel, soulignant d'abord sa nervosité puis, lors de la poursuite, sa pusillanimité et sa passivité, participent à la création d'un climat tendu et incontrôlable.

VAUTHIER

Mentionné uniquement par son nom de famille, l'aîné du groupe est décrit comme musclé, très épais, avec « une large tête carrée, encadrée de rouflaquettes rousses, et un nez plat, qui lui donnaient un air rustaud » (p. 18-19). Il inspire d'emblée la méfiance au lecteur, notamment en raison du champ lexical de l'antipathie mobilisé par l'auteur, par exemple : « Lionel sentait que le mécano méprisait les humanitaires et n'avait sans doute aucun respect pour lui. » (p. 70)

Il suscite la méfiance de ses camarades, car il « ne pouvait pas s'empêcher de fouiner, d'écouter les conversations » (p. 23). Même lorsqu'il emporte Lionel et Alex avec lui dans sa course-poursuite, il éveille des doutes : « Lionel commençait à se poser des questions à propos de Vauthier lui-même. Il y avait des incohérences dans son propos. S'il était vraiment un agent de renseignements, se pouvait-il que les organismes officiels pour lesquels il travaillait lui laissent prendre seul de telles initiatives ? » (p. 266) À chaque halte, que ce soit dans un village ou au QG, il s'éclipse sans donner d'indications. Cela rajoute à son caractère étrange et distant, d'autant plus qu'on découvre par la suite qu'il manigance en secret contre les protagonistes principaux.

Ce n'est qu'au moment de la fuite du couple que Vauthier se dévoile : il se présente comme un espion dont la mission est de mettre Marc hors d'état de nuire. Les descriptions précédentes, laissant une grande part aux suspicions, tendaient à produire une aura malveillante ; après ses révélations, il deviendra le moteur de la poursuite des deux fugitifs. De fait, la seconde partie du livre est totalement dépendante de la ténacité que l'auteur lui confère et qui se solde par sa mort violente. Ce personnage est central dans le sens où il est programmé pour prendre sa pleine dimension avec un certain retard sur le reste des protagonistes, un procédé qui a pour effet d'intensifier le suspense du livre.

Dans les derniers moments du roman, alors qu'il est mourant, il se révèle complètement et montre que ses actions ont été motivées depuis le début par sa haine inexplicable pour Marc : « La haine, c'est le bonheur [...]. C'est une passion, une raison de vivre. C'est un vrai luxe. » (p. 372)

CLÉS DE LECTURE

LE GENRE DU THRILLER PSYCHOLOGIQUE

Le thriller est un genre littéraire (et cinématographique) basé sur l'omniprésence du suspense et d'une tension narrative grandissante qui visent à tenir le lecteur en haleine jusqu'à la fin du récit.

Un thriller est donc un récit dont l'issue demeure incertaine jusqu'au tout dernier moment.

C'est évidemment le cas dans le roman de Jean-Christophe Rufin, car ce n'est qu'à la fin que l'on découvre que la mission est ratée. De nombreux éléments sont ajoutés au fil de l'histoire pour entretenir le suspense : à chaque contrôle de check-point ou à chaque obstacle naturel, le lecteur s'inquiète de savoir si le trajet des personnages va s'arrêter définitivement.

L'épisode de la course-poursuite est sans doute le plus explicite : à chaque entrave sur leur chemin, Maud et Marc – à l'instar du lecteur – craignent le retour de leurs poursuivants et l'échec de leur mission.

Le suspense est également entretenu par l'ajout de moments descriptifs, lorsque les camions roulent, qui permettent d'en apprendre plus sur les personnages (l'enfance de Marc, l'histoire d'amour d'Alex, la jeunesse de Maud). Ces différentes enclaves narratives, durant lesquelles l'intrigue n'évolue pas, retardent l'issue finale.

Sous-genre du thriller, le thriller psychologique a la particularité de construire un conflit presque uniquement mental et émotionnel entre les protagonistes. Dans le cas de *Check-point*, celui-ci est de nature multiple : au conflit éthique (peut-on délivrer des explosifs lorsqu'on participe à une mission humanitaire ? Quelle est la véritable définition d'une action humanitaire ?) s'ajoutent le conflit amoureux (le triangle amoureux entre Lionel, Maud et Marc et les péripéties qui en découlent) et le conflit de rivalité entre Marc et Vauthier.

Traditionnellement, le thriller psychologique comporte très peu d'action et se concentre sur les évolutions psychologiques des personnages et de leurs relations. À contrario, le dénouement du thriller psychologique se fait lors de scènes plus actives, qui deviennent une manifestation de l'état psychologique des protagonistes. C'est le cas dans *Check-point* : acculés par leur haine mutuelle, Vauthier et Marc se lancent dans une chasse à l'homme où ils sont chacun à la fois proie et chasseur.

Cette scène finale précipite le dénouement de l'intrigue : l'histoire d'amour de Maud et Marc s'intensifie, et Lionel comprend qu'il n'a pas sa place ; de plus, le chargement étant dépourvu d'explosifs depuis la halte dans les quartiers des Nations unies, les personnages ne commettent plus d'acte de guerre puisqu'ils ne les transportent plus.

Le thriller psychologique est, dans le cas de ce roman, rehaussé par le procédé narratif du huis clos : celui-ci place une action entre un petit comité dans un cadre fermé et fixe, dont les personnages ne peuvent à aucun moment s'échapper. Dans *Check-point*, le huis clos est symbolisé par les deux camions et leurs cabines exigües : c'est là que des disputes et des rapprochements s'effectuent et que les tensions narratives s'accentuent. La promiscuité entre les protagonistes et leur isolement avec le monde extérieur sont en effet propices à la création de troubles.

Les véhicules représentent en outre un danger en tant que tel puisque le lecteur croit jusqu'à la fin de l'histoire que l'un des camions est chargé de dynamite. L'ambiance oppressante du huis clos n'en devient alors que plus grande.

Les rares moments où les protagonistes peuvent s'échapper de ce huis clos donnent parfois lieu à des instants plus légers : le rapprochement de Maud et Marc dans le lieu de vacances désaffecté, l'humanisation de leur mission avec la rencontre des enfants, etc.

LA QUESTION HUMANITAIRE

L'un des éléments récurrents de *Check-point* est la thématique du combat humanitaire et les questions que celui-ci provoque. Dans la postface qui clôt le roman, Jean-Christophe Rufin précise sa réflexion à ce sujet :

> « [...] Depuis les attentats qui ont ensanglanté la France au mois de janvier 2015, [...] nous sentons que nous sommes désormais devant une

> frontière mentale. La nécessité de sécurité tend à l'emporter sur toute autre considération. Il est illusoire de penser que l'humanitaire sera tenu à l'écart de cette transformation des mentalités. » (p. 384)

L'aide humanitaire internationale est passée par les armes à plusieurs reprises ces dernières années : « L'Amérique, touchée par le terrorisme avec quinze ans d'avance, s'est convertie depuis longtemps à l'action offensive. [...] Une fois de plus, elle ouvrait les voies de l'avenir et aujourd'hui, tous les Occidentaux se sentent prêts à l'imiter. » (*ibid.*) La violence semble donc être inséparable de l'humanitaire dans cette période de guerre narrée dans le texte : Maud, qui partait en mission avec les intentions les plus pures et qui finit par tuer, en est le symbole le plus criant.

Dans le roman sont évoquées différentes facettes de la question humanitaire, bien connue de l'auteur :

- le rapport aux milices locales (« Il n'y a pas de raison qu'ils créent un incident avec des humanitaires. On leur est bien trop utiles. À tous. », p. 29) ;

- le rapport aux bénéficiaires de l'aide, qui restent anonymes, des « êtres irréels sur lesquels nul ne désirait mettre un visage » (p. 55), et qui permettent à l'association de « recevoir l'argent de l'Union européenne et [à] la machine caritative [de continuer] de tourner » (p. 64) ;
- le rapport à la réalité du terrain, qui n'est pas expliquée au préalable aux volontaires (« [Maud] avait été frappée par le côté abstrait de l'humanitaire », p. 54) et qui les choque donc lorsqu'ils y sont finalement confrontés ;
- le paradoxe entre les horreurs de la guerre et l'aide apportée qui semble plus que dérisoire (« Il y avait une guerre ; on commettait des horreurs. Et elle, qu'est-ce qu'elle faisait ? Elle apportait du chocolat et des pansements », p. 86 ; « Face à l'horreur et à la complexité de la guerre, ces ballots de vêtements, ces colis de nourriture et ces boîtes de médicaments étaient tout simplement grotesques », p. 280) ;
- la marge de manœuvre des humanitaires dans leur action (« [Les ONG] sont libres. À quoi sert leur liberté, si elle ne leur permet pas d'aller au-delà, de faire des choses interdites ? », p. 88) et leur non-implication dans les conflits

(« Il arrive [aux humanitaires] de prendre des risques et parfois de se trouver en mauvaise posture. Reste qu'ils sont étrangers aux combats », p. 204).

Le récit devient ainsi une illustration des déchirements qui interviennent dans la conceptualisation même de l'humanitaire. Lionel incarne la « tradition » de neutralité, tandis que Marc est le symbole de l'engagement ultime ; quant à Maud, elle est un curseur qui passe de la première à la seconde de ces positions au fil du récit.

À la fin du livre, Lionel se laisse envahir par le désespoir : « Ce convoi déchiré de haines, dénaturé par un chargement dangereux, cette course-poursuite dont la fin ne pouvait être que tragique, tout cela lui faisait sentir combien le mot rassurant de "Pomoć" ["aide", en croate] était désormais une imposture. » (p. 319)

Cette désolation reflète une interrogation toujours plus importante dans le domaine humanitaire actuel et qui sous-tend tout le roman : l'aide désintéressée aux victimes a-t-elle encore un sens si elle n'est pas accompagnée d'une intervention pour mettre fin au conflit ?

Autrement dit, les victimes ont-elles besoin de survivre ou de vaincre ? Ont-elles besoin de nourriture ou d'armement ? Le roman n'apporte pas de véritable réponse au lecteur, qui est libre d'élaborer sa propre réflexion à ce sujet.

LE CONTEXTE MACHISTE

Le personnage de Maud a une certaine prédominance dans le récit, d'autant plus que c'est par son prisme que l'auteur décrit de nombreuses situations. Seule femme parmi quatre hommes aventureux, désireuse par nature de minimiser ses charmes, elle perçoit avec force les comportements machistes de ses compagnons. Le motif de la rivalité homme-femme apparait ainsi à plusieurs reprises :

- au sujet de la conduite automobile (« Il y avait longtemps qu'ils ne plaisantaient plus sur sa conduite. [...] Maud conduisait peut-être plus lentement, mais elle était sûre et prudente. Le quinze tonnes ne risquait rien quand c'était elle qui le dirigeait et les autres l'avaient compris », p. 18) ;
- au sujet de la cuisine (« Dès le départ, [les garçons] avaient compris qu'il était inutile de

réserver ces tâches à la seule fille du groupe »,
p. 25) ;

- au sujet de la promiscuité (« Si au moins ses
compagnons l'avaient acceptée comme l'un
des leurs... Au lieu de cela, c'était le vieux jeu
de la drague », p. 155) ;
- au sujet des compétences traditionnellement
réservées aux hommes (« Quand elle galérait
pour monter les tentes, les jours où c'était son
tour, [Lionel] ne se privait pas de ricaner »,
p. 26) ;
- au sujet de ses capacités intellectuelles (« T'es
pas bête, comme fille », p. 63) ;
- au sujet des relations homme-femme (« Où
étiez-vous passés, vous deux ? lança Lionel.
Ce n'est pas le moment de démarrer une *love
affair* », p. 91).

Dès le début du roman, le personnage de Maud
est décrit comme seul contre ses compagnons de
voyage. Lionel, en particulier, « l'avait toujours
traitée avec un peu de condescendance, car il
avait plus d'expérience qu'elle » (p. 20). Mais ce
machisme sous-jacent n'est pas nouveau pour
la jeune femme, car elle en a déjà été victime
dans sa propre famille : « Elle avait fait deux ans

d'études de droit parce que son père était no-taire. Il avait poussé son frère à lui succéder mais l'idée ne lui était jamais venue qu'elle pourrait en être capable. » (p. 50)

Cependant, ces multiples réflexions machistes n'ont de cesse de l'énerver, car elle souhaiterait être traitée en tant qu'égale des hommes, et non comme leur inférieure. Son choix autoritaire de transporter la dynamite témoigne de cette volonté d'être considérée aussi forte et aussi courageuse que ses compagnons de voyage face au danger.

En utilisant abondamment le point de vue de son héroïne, l'auteur choisit de mettre en évidence le caractère machiste des mouvements humani-taires opérant sur le terrain : la femme, considé-rée comme plus faible, est souvent absente des missions dangereuses ; quand elle est, comme Maud, présente en temps de guerre, les hommes tendent à plutôt la considérer comme un poids que comme un véritable atout. Ce dénigrement est néanmoins atténué par l'amour de Marc et de Maud et la transformation lente de celle-ci, se laissant aller à plus de naturel dans sa féminité au fur et à mesure du récit.

LE CONTEXTE GÉOPOLITIQUE

Un contexte historique réel

L'intrigue de *Check-point* est positionnée dans un contexte historique réel. Le roman reflète une réalité du passé et de nombreux passages démontrent que l'auteur s'est abondamment documenté : chaque détail historique est avéré et vérifiable par le lecteur. Rufin place donc une intrigue inventée et des personnages fictionnels au sein d'un moment-clé de l'histoire européenne.

En choisissant la guerre de Bosnie-Herzégovine comme trame de fond de son œuvre, l'auteur – comme il le précise dans sa postface – sélectionne un évènement qui est à la fois temporellement très proche de notre époque (pour nous prouver que la violence est inévitable et toujours présente) et éloigné (pour permettre une prise de recul qui contribue à établir une réflexion).

Le choix d'un contexte géopolitique européen n'est évidemment pas anodin : en positionnant son huis clos dans des lieux relativement familiers pour un lecteur francophone, l'auteur lui permet d'appréhender les évènements de façon plus efficace que si ceux-ci s'étaient déroulés sur un autre continent.

La guerre des Balkans

La République populaire fédérative de Yougoslavie, nom officiel de la Yougoslavie communiste, comporte six États fédérés lors de sa création en 1945 : la Bosnie-Herzégovine, la Croatie, la Macédoine, le Monténégro, la Serbie et la Slovénie. La population yougoslave n'est pas homogène sur le plan religieux : les Macédoniens, les Monténégrins et les Serbes sont orthodoxes, les Croates et les Slovènes catholiques et les Bosniaques musulmans. Nombreuses sont les enclaves ethniques tierces au sein des États fédérés, ce qui provoque des tensions.

Lorsque la Croatie déclare son indépendance en juin 1991, le même jour que la Slovénie, la dissolution de la Yougoslavie se met en marche. La Serbie décide d'annexer les territoires croates habités par des Serbes. Commence ainsi un conflit qui s'apparente à de l'épuration ethnique. Au terme d'un référendum contesté par la Serbie, la Bosnie-Herzégovine déclare son indépendance l'année suivante et connait le même sort que la

Croatie. Dès 1992, l'ONU dépêche dans ces deux pays des Casques bleus dont le mandat se limite au maintien de l'ordre.

Devant l'échec de leur action (ils ne peuvent empêcher le massacre de Srebrenica, qui fait 8 000 morts en juillet 1995), l'OTAN décide d'apporter son soutien aux Croates et aux Bosniaques contre les armées serbes. La guerre des Balkans prend fin en décembre 1995 (soit deux mois après les évènements de *Check-point*) en vertu des accords de Dayton, qui délimitent géographiquement les Républiques indépendantes et instituent le subtil système administratif gérant la cohabitation des ethnies.

Check-point est un roman engagé, sous-tendu par une question éthique : en situation de guerre, faut-il sauver la population en danger, ou lui donner les moyens de se battre ? Bien que le contexte historique et géopolitique du roman soit déjà éloigné de plus de 20 ans, le message militant est toujours bel et bien d'application aujourd'hui. Ce huis clos, mené de main de maitre par Jean-Christophe Rufin, engage le lecteur à mener sa propre réflexion.

PISTES DE RÉFLEXION

QUELQUES QUESTIONS POUR APPROFONDIR SA RÉFLEXION...

- Le champ lexical de la méfiance est très développé dès les premières pages du roman. Donnez-en quelques exemples.
- Maud et Lionel sont longuement décrits dans leurs rapports de force avec les autres personnages. Comparez ces deux personnages.
- Alex est un personnage pivot, il sert de relais entre les deux conceptions de l'action humanitaire mobilisées dans le roman et fait le rapprochement entre le groupe des « humanitaires » et celui des « militaires ». Afin de ne pas le reléguer au second plan, l'auteur applique certaines stratégies narratives pour lui donner de l'épaisseur. Quelles sont-elles ?
- Dans la postface de *Check-point*, l'auteur livre ses ambitions quant à l'histoire qu'il raconte. À partir de ces quelques pages, expliquez les simplifications auxquelles il procède tout au long du récit.

- Jean-Christophe Rufin est un spécialiste de l'action humanitaire, son propos est donc fondé sur des observations du terrain. Quelle plus-value cette expertise apporte-t-elle au livre ? Donnez des exemples.
- Doit-on considérer le dénouement de l'intrigue comme une métaphore des opinions exprimées par l'auteur, en son nom propre, à la fin du roman ? Justifiez votre réponse.
- D'après vous, quelle devrait être la frontière entre l'action humanitaire et l'ingérence ?
- L'ouvrage de génie civil que veulent faire sauter les soldats croates avec la dynamite de Marc est le célèbre pont qui traverse la rivière Drina, décrit par Ivo Andrić (écrivain serbo-croate, 1892-1975) dans son roman *Le Pont sur la Drina* (1945). À la lumière de ce dernier, expliquer l'importance stratégique de ce pont dans la relation entre les différentes communautés de la région de Sarajevo (Bosnie-Herzégovine).
- Comme *Check-point* se base sur un grand nombre de faits réels, peut-on encore le considérer comme un roman ? Argumentez votre réponse.
- De quel personnage vous sentez-vous le plus proche ? Justifiez votre réponse à l'aide d'un ou plusieurs épisodes tirés du roman.

Votre avis nous intéresse !
Laissez un commentaire sur le site de votre librairie en ligne
et partagez vos coups de cœur sur les réseaux sociaux !

POUR ALLER PLUS LOIN

ÉDITION DE RÉFÉRENCE

- RUFIN J.-C., *Check-point*, Paris, Gallimard, NRF, 2015.

SUR LEPETITLITTÉRAIRE.FR

- Fiche de lecture sur *Rouge Brésil* de Jean-Christophe Rufin.

Retrouvez notre offre complète sur lePetitLittéraire.fr

- des fiches de lectures
- des commentaires littéraires
- des questionnaires de lecture
- des résumés

ANOUILH
- Antigone

AUSTEN
- Orgueil et Préjugés

BALZAC
- Eugénie Grandet
- Le Père Goriot
- Illusions perdues

BARJAVEL
- La Nuit des temps

BEAUMARCHAIS
- Le Mariage de Figaro

BECKETT
- En attendant Godot

BRETON
- Nadja

CAMUS
- La Peste
- Les Justes
- L'Étranger

CARRÈRE
- Limonov

CÉLINE
- Voyage au bout de la nuit

CERVANTÈS
- Don Quichotte de la Manche

CHATEAUBRIAND
- Mémoires d'outre-tombe

CHODERLOS DE LACLOS
- Les Liaisons dangereuses

CHRÉTIEN DE TROYES
- Yvain ou le Chevalier au lion

CHRISTIE
- Dix Petits Nègres

CLAUDEL
- La Petite Fille de Monsieur Linh
- Le Rapport de Brodeck

COELHO
- L'Alchimiste

CONAN DOYLE
- Le Chien des Baskerville

DAI SIJIE
- Balzac et la Petite Tailleuse chinoise

DE GAULLE
- Mémoires de guerre III. Le Salut. 1944-1946

DE VIGAN
- No et moi

DICKER
- La Vérité sur l'affaire Harry Quebert

DIDEROT
- Supplément au Voyage de Bougainville

DUMAS
• Les Trois
  Mousquetaires

ÉNARD
• Parlez-leur
  de batailles,
  de rois et
  d'éléphants

FERRARI
• Le Sermon sur la
  chute de Rome

FLAUBERT
• Madame Bovary

FRANK
• Journal
  d'Anne Frank

FRED VARGAS
• Pars vite et
  reviens tard

GARY
• La Vie devant soi

GAUDÉ
• La Mort du
  roi Tsongor
• Le Soleil des
  Scorta

GAUTIER
• La Morte
  amoureuse
• Le Capitaine
  Fracasse

GAVALDA
• 35 kilos d'espoir

GIDE
• Les
  Faux-Monnayeurs

GIONO
• Le Grand
  Troupeau
• Le Hussard
  sur le toit

GIRAUDOUX
• La guerre de
  Troie
  n'aura pas lieu

GOLDING
• Sa Majesté des
  Mouches

GRIMBERT
• Un secret

HEMINGWAY
• Le Vieil Homme
  et la Mer

HESSEL
• Indignez-vous !

HOMÈRE
• L'Odyssée

HUGO
• Le Dernier Jour
  d'un condamné
• Les Misérables
• Notre-Dame
  de Paris

HUXLEY
• Le Meilleur
  des mondes

IONESCO
• Rhinocéros
• La Cantatrice
  chauve

JARY
• Ubu roi

JENNI
• L'Art français
  de la guerre

JOFFO
• Un sac de billes

KAFKA
• La Métamorphose

KEROUAC
• Sur la route

KESSEL
• Le Lion

LARSSON
• Millenium I. Les
  hommes qui
  n'aimaient pas
  les femmes

LE CLÉZIO
• Mondo

LEVI
• Si c'est un
  homme

LEVY
• Et si c'était vrai…

MAALOUF
• Léon l'Africain

MALRAUX
• La Condition
  humaine

MARIVAUX
• La Double
  Inconstance
• Le Jeu de l'amour
  et du hasard

MARTINEZ
• Du domaine
  des murmures

MAUPASSANT
• Boule de suif
• Le Horla
• Une vie

MAURIAC
• Le Nœud
  de vipères

MAURIAC
• Le Sagouin

MÉRIMÉE
• Tamango
• Colomba

MERLE
• La mort est
  mon métier

MOLIÈRE
• Le Misanthrope
• L'Avare
• Le Bourgeois
  gentilhomme

MONTAIGNE
• Essais

MORPURGO
• Le Roi Arthur

MUSSET
• Lorenzaccio

MUSSO
• Que serais-je
  sans toi ?

NOTHOMB
• Stupeur et
  Tremblements

ORWELL
• La Ferme
  des animaux
• 1984

PAGNOL
• La Gloire de
  mon père

PANCOL
• Les Yeux jaunes
  des crocodiles

PASCAL
• Pensées

PENNAC
• Au bonheur
  des ogres

POE
• La Chute de la
  maison Usher

PROUST
• Du côté de
  chez Swann

QUENEAU
• Zazie dans
  le métro

QUIGNARD
• Tous les matins
  du monde

RABELAIS
• Gargantua

RACINE
• Andromaque
• Britannicus
• Phèdre

ROUSSEAU
• Confessions

ROSTAND
• Cyrano de
  Bergerac

ROWLING
• Harry Potter à
  l'école des sor-
  ciers

SAINT-EXUPÉRY
• Le Petit Prince
• Vol de nuit

SARTRE
• Huis clos
• La Nausée
• Les Mouches

SCHLINK
• Le Liseur

SCHMITT
- La Part de l'autre
- Oscar et la
  Dame rose

SEPULVEDA
- Le Vieux qui
  lisait des romans
  d'amour

SHAKESPEARE
- Roméo et Juliette

SIMENON
- Le Chien jaune

STEEMAN
- L'Assassin
  habite au 21

STEINBECK
- Des souris et
  des hommes

STENDHAL
- Le Rouge et
  le Noir

STEVENSON
- L'Île au trésor

SÜSKIND
- Le Parfum

TOLSTOÏ
- Anna Karénine

TOURNIER
- Vendredi ou
  la Vie sauvage

TOUSSAINT
- Fuir

UHLMAN
- L'Ami retrouvé

VERNE
- Le Tour
  du monde
  en 80 jours
- Vingt mille
  lieues sous
  les mers
- Voyage au
  centre de
  la terre

VIAN
- L'Écume des jours

VOLTAIRE
- Candide

WELLS
- La Guerre des
  mondes

YOURCENAR
- Mémoires
  d'Hadrien

ZOLA
- Au bonheur
  des dames
- L'Assommoir
- Germinal

ZWEIG
- Le Joueur
  d'échecs

ISBN version numérique : 978-2-8080-0801-3
ISBN version papier : 978-2-8080-0802-0
Dépôt légal : D/2018/12603/37

Avec la collaboration de Kelly Carrein pour le chapitre « Le genre du thriller psychologique » et « Un contexte historique réel ».

Conception numérique : Primento,
le partenaire numérique des éditeurs.

Ce titre a été réalisé avec le soutien de la Fédération Wallonie-Bruxelles, Service général des Lettres et du Livre.